La collection « Ado » est dirigée
par Claude Bolduc et Michel Lavoie

D1500259

La mission Einstein

Les auteures

Sophie Martin est née le 30 septembre 1977. Elle a passé la majeure partie de sa vie le nez dans un livre. Elle vient de terminer ses études en Lettres et langues au Collège de l'Outaouais et devrait entreprendre un baccalauréat en traduction à l'Université d'Ottawa. Lorsqu'elle n'a pas un livre entre les mains, Sophie aime écrire ou dessiner, ses deux autres passions, et naviguer sur Internet.

Annie Millette est née le 7 juin 1977 à Hull. Elle étudie en sciences humaines au Collège de l'Outaouais où elle terminera, à l'automne, son D.E.C. Annie consacre beaucoup de temps à l'artisanat, à la lecture, à la musique, à l'écriture et, comme tous les jeunes de son âge, à la jasette au téléphone !

NOUVELLES ADO | FANTASTIQUE

Sophie Martin et Annie Millette
La mission Einstein

ents d'Ouest

Données de catalogage avant publication (Canada)

Martin, Sophie, 1977-

La mission Einstein
(Nouvelles ado ; 5. Fantastique)

ISBN 2-921603-39-X

1. Roman fantastique canadien-français – Québec
(Province). 2. Nouvelles canadiennes-françaises – Québec
(Province). 3. Roman canadien-français – XXᵉ siècle.
I. Millette, Annie, 1977-   . II Titre. III. Collection :
Roman ado ; 5. IV. Collection : Roman ado. Fantastique.

PS8323.F3M37 1996   jC843'.087608054   C99-940872-2
PS9323.F3M37 1996
PZ23.M37Mi 1996

Vents d'Ouest remercie le Conseil des Arts du Canada et la
SODEC du soutien qu'ils lui apportent sous forme de sub-
ventions globales.

Dépôt légal   —   Bibliothèque nationale du Québec, 1996
                              Bibliothèque nationale du Canada, 1996

Révision : Claude Bergeron et Rosanne Foasse

Éditions Vents d'Ouest inc.
67, rue Vaudreuil
Hull (Québec)
J8X 2B9
Téléphone :   (819) 770-6377
Télécopieur : (819) 770-0559

Diffusion : Prologue inc.
1650, boulevard Lionel-Bertrand
Boisbriand (Québec)
J7H 1N7
Téléphone :   (514) 434-0306
Télécopieur : (514) 434-2627

La Mission Einstein a mérité
le Prix littéraire jeunesse Vents d'Ouest 1996

Pour tous ceux qui croient en la magie.
Pour Ben, Claudine, Julie et Nadine
qui nous ont tellement encouragées.

La mission Einstein

UN AIR de flûte de Pan résonnait dans toute la forêt. Le son doux et envoûtant sortait tout droit des hautes montagnes des Dieux.

Fujiko souriait avec nostalgie. Elle se souvenait que, dans son enfance, sa grand-mère l'emmenait souvent avec elle sur la montagne et lui disait : « Un jour, je jouerai pour toi un air de flûte du haut de la montagne des Dieux. Lorsque tu l'entendras, tu sauras que tu devras porter des fleurs sur mon tombeau. » Sa grand-mère avait exigé d'être inhumée en plein cœur de la Forêt magique, ainsi qu'elle l'appelait. Elle prétendait que, dans cette forêt, le merveilleux et le fantastique avaient raison de la triste réalité, mais que quelques personnes seulement pouvaient en être conscientes. Elle prétendait avoir été l'une des personnes choisies par les Dieux pour être témoin de ce monde invisible. C'est pourquoi elle avait désiré s'y reposer pour l'éternité.

La jeune fille alla cueillir des fleurs dans le jardin et, tenant dans ses mains une gerbe immense, elle s'enfonça dans la Forêt magique.

Sa grand-mère lui manquait plus que jamais. Il y a de cela bien longtemps, une bombe avait éclaté sur la ville portuaire d'Hiroshima. La déflagration avait été telle que des milliers de personnes en étaient mortes sur le coup et que des milliers d'autres avaient été contaminées par les radiations. C'était la bombe atomique.

Encore aujourd'hui, des gens mouraient de maladies reliées à l'énorme champignon qui s'était élevé dans le ciel, un jour de l'an 1945. La grand-mère de Fujiko avait été l'une des victimes des radiations. Au plus profond d'elle-même, la jeune fille vouait une haine sans borne à l'être insensé qui avait inventé cette bombe au souffle assassin.

Fujiko avançait maintenant dans le sentier, tout en réfléchissant au triste sort de sa grand-mère. Puisque les gens savaient qu'elle était parmi ceux qui portaient en eux la marque de la bombe, ils la fuyaient. Malgré sa solitude, sa grand-mère était douée d'une force d'esprit incroyable et d'une telle paix intérieure que la plupart des gens sains l'enviaient, malgré leur dégoût pour son corps déformé. Heureusement, sa douceur et son esprit vif avaient réussi à envoûter un jeune homme au cœur d'or, son grand-père.

Son grand-père...

– Si cette bombe n'avait pas éclaté sur la ville de mes ancêtres, j'aurais peut-être été belle et stupide et je n'aurais jamais rencontré ton grand-père. Tu sais, ma petite, on m'a toujours dit que les événements malheureux ont toujours du bon.

Fujiko sourit. Elle souhaitait devenir aussi sage que sa grand-mère.

Fujiko s'agenouilla devant la pierre qui marquait l'endroit où reposait le corps de la vieille dame. Elle y déposa des fleurs puis regarda vers la montagne des Dieux, d'où provenait le son de la flûte de Pan. Les notes jaillissaient pures et intenses. Fujiko sut alors que sa grand-mère était heureuse de revoir sa petite-fille. Après avoir longuement discuté avec l'esprit de la vieille dame, elle se leva et partit. Sur le chemin du retour, elle vit une licorne qui broutait des fleurs. Elle la salua et lui dit :

– Bonjour, il y a longtemps que je ne vous ai vue !

– Bonjour, Mademoiselle Fujiko.

Ce monde enchanté qui habitait la Forêt magique était magnifique. Fujiko était heureuse d'avoir la chance de rencontrer des êtres que les autres ne voyaient qu'au cinéma. Toutefois, elle n'en parlait à personne par crainte de devenir la risée de la classe.

Soudain, un sentier qu'elle n'avait jamais vu auparavant l'arracha à ses rêveries. Pourtant, elle la connaissait bien, cette forêt ! Elle décida de l'emprunter afin de voir où il menait. Son imagination fut emballée à l'idée de voir surgir un dragon ou un méchant ogre. S'il y avait des monstres à combattre sur le sentier, elle n'en sut rien puisque le sol s'enfonça dans le ventre de la terre. Après d'interminables secondes, elle s'affaissa sur de la terre battue.

— Ouch ! Mes fesses ! Mais… Quelle est donc cette place bizarre ? Hé ! il y a de la lumière là-bas !

Fujiko s'approcha de la lumière. Derrière elle, la jeune fille entendit un froissement, comme un souffle. Elle sut alors qu'elle n'était pas seule dans le trou. Juste comme elle se tournait, elle aperçut une magnifique paire d'yeux d'un mauve intense qui la fixaient avec insistance. Elle tomba immédiatement sous le charme de l'apparition. La chose, ou plutôt l'être, qui se tenait devant elle n'était pas fait de matière. Son corps, qui avait forme humaine, était translucide. Vu les proportions du corps, Fujiko sut qu'elle avait affaire à un garçon.

– Qui es-tu ? demanda-t-elle, je ne t'ai jamais vu dans la forêt auparavant. Tu n'es pas d'une espèce connue.

– Je suis Kyrimaque, je viens de la montagne des Dieux. Je suis un ange. Les Dieux m'ont confié une mission importante. À l'instigation de ta grand-mère, ils m'envoient te demander ton aide. Fujiko, nous devons modifier le cours de l'histoire.

– Ma grand-mère ! Tu connais ma grand-mère ! Changer le passé ? La montagne des Dieux ! C'est impossible ! Infaisable !

– Je ne mens pas. Tout est possible, Fujiko. Écoute-moi. Depuis l'hécatombe d'Hiroshima en 1945, le nombre des victimes qui accusent les Dieux d'avoir injustement détruit leur vie est incalculable ! Ils exigent des Dieux qu'ils empêchent la bombe d'éclater. Après une profonde réflexion, ils ont jugé que les doléances des mortels étaient suffisamment fondées pour changer le cours de l'Histoire et redonner ainsi espoir à tous ces pauvres innocents. Tu dois accepter, Fujiko.

– Que m'arrivera-t-il si je refuse ?

– Les Dieux t'interdiront l'accès à leurs paisibles montagnes.

La jeune fille accepta donc d'aider Kyrimaque, les Dieux et les Morts. Elle ne risquerait pas sa vie dans l'Au-Delà. De plus, l'idée de sauver une ville entière de la destruction ne lui déplaisait pas, bien au contraire. Elle avait toujours détesté l'humanité pour les crimes sordides qu'elle avait commis. Elle allait lui en arracher un, peut-être le plus terrible.

– Alors, que dois-je faire ?

– Tu dois empêcher Albert Einstein d'écrire la lettre qui a engendré le drame d'Hiroshima. Si tu réussis, les Dieux feront de toi un ange.

– Kyrimaque, cesse de me faire miroiter ma récompense et donne-moi les détails de ma mission !

✻

À son réveil, Fujiko était étendue sur une couchette qui lui était inconnue. Un homme aux cheveux hirsutes se tenait près d'elle. Ses yeux trahissaient une certaine mélancolie, mais il paraissait gentil. Il sourit et lui dit :

– Enfin réveillée ! petite. Tu m'as tellement inquiété ! Lorsque tu es apparue telle un éclair devant ma voiture, je n'ai pas réussi à freiner et je t'ai frappée. J'ai cru que je t'avais tuée ! Heureusement, tu n'as que quelques contusions à la tête dont tu te remettras bien assez rapidement.

Fujiko le dévisageait, perplexe. Ayant toujours vécu au Japon, comment se faisait-il qu'elle comprenait parfaitement l'anglais ?

« Ah ! ce Kyrimaque ! » pensa-t-elle, revoyant en esprit les superbes yeux mauves.

— Tu n'as toujours pas répondu à ma question, petite. D'où viens-tu ?

La jeune fille allait lui répondre qu'elle ne parlait pas l'anglais lorsqu'elle s'entendit dire :

— Mon nom est Fujiko. Je suis née au Japon. Mes parents m'ont envoyée aux États-Unis pour visiter ma grand-mère mais, lorsque je suis arrivée, on m'a dit qu'elle avait quitté la ville sans laisser d'adresse. Je suis donc seule dans ce pays étranger. Je dois attendre le prochain transatlantique qui, dans un mois, me ramènera chez moi.

Il n'en fallait pas plus pour qu'Albert Einstein invite cordialement Fujiko à demeurer avec lui pendant un mois. Ainsi se réalisait le plan que lui avait soumis Kyrimaque. Plus les semaines passaient, moins Fujiko avait envie de mettre son plan à exécution.

Deux semaines s'étaient rapidement écoulées et Fujiko aimait déjà le vieil homme comme un proche parent. En fait, lorsque les douces mains d'Einstein lui caressaient les cheveux ou que les commissures de ses lèvres formaient un sourire, la jeune fille avait l'impression de voir devant elle sa grand-mère.

Un après-midi que le temps était frais, ils allèrent ensemble marcher par les rues de la ville. Einstein serrait sa petite main dans la sienne. Ils riaient aux éclats lorsque, surgi de nulle part, un petit vaurien passa en trombe à leurs côtés en criant :

– Tu t'es vu les cheveux ? Espèce de vieux génie mal peigné !

En voyant la tristesse dans les yeux de l'inventeur, Fujiko sut qu'elle l'aimait comme elle avait aimé sa grand-mère et qu'elle ne pourrait jamais laisser personne lui faire de mal.

Lorsqu'elle revit le garçon, quelques jours plus tard, elle le gifla si fort qu'elle lui fit perdre à jamais l'envie de recommencer.

« Pourtant, pensait-elle, je lui ferai plus de mal que ce garçon n'aurait jamais pensé faire. Qui suis-je pour lui faire la morale ? Je tuerai ce vieil homme si gentil que j'aime tellement. Oh ! Kyrimaque ! Pourquoi m'as-tu choisie ? Pourquoi monsieur Einstein ? Pourquoi devrai-je voir mourir ma grand-mère une deuxième fois ? »

La nuit précédant l'issue fatale, elle pleura comme jamais elle n'avait pleuré auparavant. La gentillesse d'Einstein, sa douceur, sa générosité étaient si grandes qu'elle avait de la difficulté à croire que, trois semaines plus tôt, elle avait accepté de tuer le vieillard. Il était bon comme sa grand-mère. Fujiko rêvait de lui donner son amour, pas la mort ! Son cœur étouffait comme dans un étau. Elle s'endormit à l'aube, le nez enfoui dans son oreiller humecté par ses larmes.

Elle tâta la poche de son blouson. Une bosse dure lui confirma qu'elle avait bien sur elle le pistolet que lui avait donné Kyrimaque. Elle se demanda à présent ce qui l'avait poussée à accepter d'assassiner Einstein. Cet homme était si gentil, si doux, si inoffensif. Elle ne pourrait pas le tuer même s'il était à l'origine du désastre. Le cœur de Fujiko était en lambeaux. Elle vivait avec le vieil homme depuis maintenant presque un mois et arrivait le jour où elle devait exécuter sa mission. Elle dut s'avouer qu'elle n'avait pas observé l'une des clauses de son contrat avec les Dieux : *Ne pas s'attacher de manière affective au vieil homme.* Il était trop tard, elle l'affectionnait déjà beaucoup. « Tant pis, j'ai donné ma parole aux Dieux et à Kyrimaque, je ne laisserai pas mes sentiments nuire à mon serment ! »

Dans la pièce, une faible lumière éclairait un secrétaire sur lequel un homme était penché. Sa main s'activait sur la surface du meuble et un léger grattement laissait supposer qu'Albert Einstein écrivait une lettre. Fujiko braqua son arme à feu sur lui et comme elle allait appuyer sur la gâchette, elle éclata en sanglots et hurla :

— Non, je ne peux pas ! Je ne peux pas tuer cet homme ! Ni Vous, les Dieux, ni toi,

Kyrimaque, ne pourrez me convaincre de l'assassiner ! Je l'aime comme on aime un père ! Je renonce à ma vie éternelle pour le garder en vie. Je te demande pardon, grand-mère, de ne pas avoir su honorer ma promesse, mais je sais que tu aurais agi comme moi !

Einstein la regardait, stupéfiait. Il se leva, il tremblait.

– Tu allais me tuer ? Et pourquoi donc ?

Fujiko lui raconta toute l'histoire, depuis l'air joué à la flûte de Pan jusqu'à aujourd'hui.

– Vous savez, lui avoua-t-elle, la lettre que vous êtes en train d'écrire sera la cause du terrible massacre dont je vous ai parlé. Dans cette missive, vous demanderez au président des États-Unis de commencer à travailler sur le projet de bombe atomique, puisque le gouvernement allemand y travaille déjà. Dès lors, naîtra le projet Manhattan, projet responsable de l'explosion qui conduira à la mort des milliers de Japonais innocents. Cette bombe atomique sera lancée sur Hiroshima et aura des conséquences si grandes, qu'elles subsistent encore de mon temps. La mort de ma grand-mère en est la preuve. Cette lettre ne devrait jamais parvenir au président et c'est pourquoi on m'a donné l'ordre de vous tuer.

– C'est insensé ! Me tuer ? s'exclama-t-il avec horreur.

– Oui, je sais, c'est complètement fou et c'est pourquoi je n'en ferai rien. Je vous supplie de ne pas envoyer cette lettre néanmoins. Je ne peux pas vous tuer ! J'en suis incapable. Vous n'êtes pas l'homme cruel que j'imaginais. Vous êtes doux, généreux et pacifique. Avant de vous rencontrer, je croyais qu'il me serait facile d'accomplir ma mission. Maintenant, je sais que la vengeance aurait une saveur amère puisque j'aurais tué au nom de la haine, au nom du mal. Je regrette tout ce que j'ai failli faire, monsieur Albert. Je vous demande sincèrement pardon.

Le vieil homme la prit dans ses bras et murmura :

– Nous brûlerons la lettre. Je te sais gré d'avoir compris que la haine ne mène à rien.

❉

Le 6 août 1945, le soleil brillait sur la ville d'Hiroshima. Un jeune couple passa en riant dans une rue encombrée de marchands et acheta des friandises à un vieil homme édenté qui leur annonça que la guerre avait pris fin après qu'une bombe de fabrication allemande eut éclaté au milieu de l'océan. La rumeur voulait que les belligérants, apeurés, aient préféré en finir avec les hostilités plutôt qu'avec l'humanité...

Lorsque Fujiko retrouva ses esprits, elle était assise sur sa véranda. Elle courut aussitôt dans la forêt où elle entendit la voix de Kyrimaque lui souffler dans le vent :

– Bravo ! Tu as réussi ! N'oublie pas : un secret doit demeurer un secret ! Comment trouves-tu tes nouvelles ailes ? Tu pourras venir nous voir, les Dieux, Einstein et moi sur la montagne ! Je veillerai toujours sur toi !

Fujiko déploya ses longues ailes d'un mauve translucide et s'envola. Elle vit que toutes les contrées de son pays étaient peuplées de gens sains qui, à son passage, levaient les yeux vers elle en signe de reconnaissance.

En entrant chez elle, Fujiko respira le doux parfum d'orchidée qui émanait toujours du corps de sa grand-mère.

Dans la cuisine était assise une femme magnifique.

Sa grand-mère souriait…

2

Ulkyr
ou ce n'est qu'une autre histoire de vampire

L'AIR est froid. Le beau visage du garçon est tout rougi. Il ne porte pas de foulard. Ses cheveux longs flottent dans son dos. Ils sont d'un bleu noir. Dans l'obscurité, il est impossible de voir ses yeux. Lorsqu'il passe sous un lampadaire, on remarque que le bleu clair de ses iris semble être blanc. Sa prunelle est étrange. Elle a la forme de la pupille des chats. Le plus étrange, ce sont ses dents. Elles sont toutes normales, sauf les deux canines qui sont démesurément longues.

Le garçon avance à pas feutrés dans la nuit froide. Même les feuilles mortes ne craquent pas sous ses pieds. Il ignore qu'il est épié. Derrière les buissons, un homme de noir vêtu l'observe attentivement. Il l'épie depuis plusieurs jours afin de rédiger à son sujet un rapport pour ses supérieurs. Lorsque le garçon disparaît, l'homme se lève et contemple l'opacité de cette nuit sans lune. Il est fier. Son rapport sera fin prêt à l'heure convenue.

❄

La porte claque derrière moi.

— C'est toi, Ulrich ?

— Oui, m'man.

— N'oublie pas de verrouiller la porte. Les Granger se sont fait cambrioler, hier soir. Imagine-toi donc qu'ils étaient dans la maison et qu'ils n'ont rien entendu. De véritables professionnels !

— Ouaip ! Bonne nuit, m'man !

— Tu ne viens pas m'embrasser ?

J'entre dans le salon où ma mère est assise et l'embrasse sur la joue. Elle me fixe, les yeux noyés de tendresse. Depuis que mon père nous a quittés, je suis sa seule famille. Elle seule sait m'apprécier à ma juste valeur. Lorsque je pense à sa gentillesse et à sa grande compréhension, je me dis qu'elle est bien spéciale, ma mère. Parmi tous les livres que j'ai lus (Dieu sait que j'en ai lu !), tous ceux qui interpellent les adolescents présentent des cas où les enfants et les parents n'arrivent pas à s'entendre. Pourtant, ces adolescents sont normaux. Leurs parents devraient les adorer et en être fiers, mais c'est tout le contraire.

Or, moi, je suis anormal en ce sens que je suis un vampire. Ma relation avec ma mère devrait donc être extrêmement pénible. Au contraire, elle est simple et pleine de compréhension. J'aime beaucoup maman et elle m'adore, ce qui est très bien.

Je vais me coucher, convaincu que la chance me favorise.

❊

Donc, je suis un vampire… pas un vrai. J'ai le physique d'un vampire. Ah ! là vous comprenez ! J'ai la peau pâle, les yeux bleu clair, la prunelle semblable à celles des chats. Mes cheveux sont noirs et mon visage si blanc que mes lèvres semblent être couleur de sang. Mais la similarité s'arrête ici. Je ne dors pas dans un cercueil, j'ai peur du sang (je me suis évanoui lors de ma dernière prise de sang) donc je n'en bois pas. Je préfère les boissons gazeuses ou, quand je peux en ingurgiter en cachette, deux ou trois bières.

J'ai pourtant des canines très longues et pointues, qui me permettraient de percer sans problème la veine jugulaire de mes victimes, mais je ne le fais pas, simplement parce que je suis encore un humain.

J'aimerais tellement être un véritable vampire ! Ce serait si exaltant de vivre pour l'éternité et de boire du sang pour subsister ! De plus, les vampires sont craints de tous depuis des temps immémoriaux.

Dans la nuit, peut-être m'obligerait-on à dormir dans un cercueil ? Un lit, c'est si douillet ! Je ne suis qu'un faux vampire. Je devrai bien m'habituer au sang.

❅

À l'aube, j'aperçois une chauve-souris qui s'envole. Est-ce un vampire ?

L'autobus arrive et me voilà sur le chemin de l'école. Comme à tous les jours, mon entrée dans l'engin jaune provoque le silence. Ici et là, j'entends des voix murmurer et un mot résonne, plus clair que les autres : *vampire*.

Ce qu'ils m'emmerdent !

Personne ne me parle, ni dans l'autobus ni à l'école. Je n'ai pas d'amis. Je ne suis pas méchant ni stupide. Ils ne semblent pas le voir et préfèrent se moquer de moi. Un jour, quand je serai un véritable vampire, ils constateront que l'on ne se paie pas la tête d'Ulrich Haendel si facilement. Ils verront qu'ils auraient dû m'aduler alors que je n'étais qu'un faux vampire inoffensif. Ma vengeance sera douce, si douce. Je n'ai déjà plus peur du sang.

※

L'homme à la cape noire a déposé son rapport. Ses supérieurs délibèrent. Dans quelques minutes, ils rendront leur verdict. Il sait que son jeune candidat gagnera sa cause. Il n'a déjà plus peur du sang et il possède le physique de l'emploi.

Une porte grince et un homme élancé apparaît. Il semble être le porte-parole du comité. Il regarde froidement l'homme vêtu de noir et annonce d'une voix autoritaire :

— Le jeune Ulrich Haendel, 14 ans, dont le cas fut soumis au comité général de sélection, nous ressemble de façon extraordinaire pour un humain. Nous avons unanimement décidé d'en faire l'un des nôtres dès ce soir. Nagel, vous devrez donc vous occuper de lui et lui enseigner tout ce qu'il y a à savoir sur nous et sur notre mode de vie.

— Oui, chef !

※

Dès que je mets les pieds chez moi, après une rude journée d'école, maman m'annonce qu'un visiteur m'attend. Elle me sourit.

Je sursaute ! Elle me dévoile des canines pointues. J'entre dans ma chambre pour y trouver un homme vêtu de noir. Sa peau est cireuse, ses yeux identiques aux miens et ses lèvres scintillent d'un bleu étrange. Je cille. Je n'y croyais plus ! J'étais certain qu'il ne viendrait jamais. Je m'agenouille à ses pieds et penche ma tête sur le côté en étirant bien mon cou. La grosse veine palpite, gonflée de sang bien chaud. Soudain, je sens une légère douleur puis un bruit de succion. Mes yeux se voilent, ma chambre est plongée dans le brouillard, elle se met à tourner et je plonge dans un rêve agité. C'est la fin d'Ulrich Haendel.

❄

    — Je me nomme Nagel, me dit l'homme à la cape noire. C'est moi qui t'enseignerai l'art d'être un vampire. Tu sais, l'important, c'est de bien savoir chasser.

Ce n'est pas vraiment difficile d'être un vampire et je suis heureux d'apprendre de la bouche de Nagel que les vampires de mon espèce ne meurent pas au contact de la lumière du soleil, qu'ils peuvent embrasser le crucifix et manger de l'ail.

Nagel m'explique que les seuls vampires qui peuvent être tués par ces éléments sont les vampires albinos. Ouf ! je n'en suis pas un ! Donc, tout ce que j'ai lu sur les vampires, alors que j'étais encore un humain, sonne faux.

– Non, me dit Nagel, plusieurs parmi nous préfèrent nourrir ces mythes puisqu'ils plaisent aux humains. Pour ce qui est de vivre la nuit, il est évident que tous les vampires préfèrent se fondre dans l'obscurité pour chasser plutôt que d'être visibles en plein jour ! Une simple stratégie de chasse.

Bref, les vampires ne sont pas différents des humains sauf qu'ils se nourrissent de sang.

Je suis maintenant prêt pour ma première journée en tant que véritable « monstre assoiffé de sang » et je sais où je vais frapper en premier.

Le vampire Ulkyr (c'est mon nouveau nom) devient une minuscule chauve-souris et c'est parti !

❧

Les portes de l'autobus jaune se referment sur moi. Les passagers chuchotent. J'entends leur éternel *vampire* s'élever jusqu'à mes tympans. Cette fois, ces ignorants ne savent pas à quel point ils ont raison. Ils ne devraient pas se moquer de moi. Les conséquences pourraient être… sanglantes.

Je jette un regard circulaire. La seule place libre est sur le banc du fond, aux côtés de Macksym, le gars le plus populaire de l'école. Il me fixe de ses yeux bruns, un sourire

moqueur sur ses lèvres. Pauvre imbécile !
Bientôt, tu pleureras ta mère et tu mouilleras
ta culotte tellement tu seras terrifié. Je me
penche vers lui et lui murmure à l'oreille :

— Hé ! Macks, souris pas comme ça ! Tu
pourrais me fâcher et tu en souffrirais beaucoup. Tu ne peux pas deviner comment c'est
douloureux de mourir vidé de son sang.

Sa réponse est cinglante.

— Ta gueule, le Vampire ! tu me fais pas
peur avec tes grandes dents et tes menaces ! Je
te parie que tu sais même pas où il faut
mordre !

Tous les élèves s'esclaffent. Je souris à
Macksym, dévoilant mes crocs acérés de vrai
vampire. Il s'en moque.

— Tu peux bien rire, mon cher ami, mais
bientôt tu hurleras. Riez tous !

Je me lève de mon banc et me dirige à
l'avant. C'est le silence total. Le chauffeur
semble m'avoir vu dans son miroir puisqu'il
s'écrie :

— Va t'asseoir ! Tu connais le règlement !

Je continue d'avancer, il continue de crier.
Lorsque j'arrive à ses côtés, je lui plante mes canines dans le cou. Mmmmmh ! Quel sang délicieux ! Je l'oblige à freiner l'autobus, je lance
son corps vidé par la fenêtre et je m'écrie :

— Je parie que tu sais même pas où il faut
mordre, hein, Macksym ? L'heure de ma ven-

geance est arrivée ! Vous ne m'avez jamais respecté, vous n'avez jamais tenté de me connaître vraiment. Vous avez préféré vous moquer de moi et vous avez eu tort ! Si j'ai souffert, c'est à cause de vous tous. Aujourd'hui, c'est à votre tour de souffrir et d'avoir peur ! Je suis Ulkyr le Vampire et vous êtes mes prisonniers !

J'éclate d'un rire sadique. Comme je m'amuse ! Ils hurlent de terreur.

Je prends le volant de l'autobus que je dirige vers les ruines du château de Wasseau, où vit le clan des Vampires-sorciers dont je fais partie. Je suis déjà un très puissant sorcier malgré mon peu d'expérience. D'ailleurs, le comité s'accorde déjà pour dire que je suis le plus puissant sorcier et le plus beau vampire du clan. On m'appelle le *Prodige*.

Mes jeunes prisonniers crient de plus en plus fort. Ils m'énervent ! Pour atténuer ma tourmente, je me vois dans l'obligation de les rendre tous muets.

Nous arrivons au château. Avant de descendre de l'autobus, je ligote mes prisonniers à l'aide de chaînes invisibles.

Pour les humains, Wasseau n'est qu'un château médiéval croulant, mais pour l'œil averti du vampire et de ses malheureuses victimes, il est la porte d'entrée d'un autre monde. Toutes les autres *créatures* qui maîtrisent la magie s'y trouvent : elfes, fées, trolls, korrigans.

Avec ma brochette d'êtres humains, je me dirige vers Caern, la cité-mère du clan, où je leur redonne le pouvoir de la parole et retire leurs chaînes :

– Partout où vous irez, il y aura des vampires. Vous ne trouverez ici que ce que vous méritez : la peur et la souffrance. Adieu ! vous qui n'avez jamais voulu de moi ! Si seulement vous aviez su…

Aïla la Lumineuse, l'adolescente la plus jolie du groupe, s'approche de moi et me chuchote d'une voix langoureuse :

– Je t'en supplie, fais de moi une vampire et je serai tienne pour toujours.

Ouais, ouais… Elle ment, mon sixième sens me le signale. Je la repousse brutalement et lui réponds :

– Non ! Tu ne seras pas vampire !

Je disparais à jamais de leur vue et les oublie pour des millénaires.

❊

Aujourd'hui, je pense fréquemment à eux. J'ignore s'ils ont été dévorés par les vampires du clan ou s'ils ont réussi à s'échapper. Parfois, de légers remords refont surface. Certes, ma vengeance a été cruelle, mais elle a été moins dure que leur comportement à mon endroit. Toutefois, j'ai beaucoup mûri depuis ce temps et j'ai compris que la rancune, tant pour les humains que pour les vampires, conduit à la violence. Les vampires peuvent être très durs, je sais, mais ils sont justes. Ils ne blessent ou ne tuent pas pour le simple plaisir. Afin d'apaiser mes remords, j'ai pris la décision d'allier mon clan aux forces du Bien. Je suis maintenant le maître suprême du clan et j'ai suggéré à mes sujets d'aller retrouver le jeune fils disparu du duc de Skye. Tout le clan étant d'accord, nous mettrons tous nos pouvoirs, utiliserons toutes nos armes afin de sauver le jeune Soren des griffes du Mal.

✻

Au-dessus de la cime des arbres s'élève un château sombre. Immense, il est orné de tourelles munies de gargouilles au sourire hideux. Les humains n'apprécient généralement pas ce style d'expression artistique, mais le duc, dans sa grande douleur, a décidé d'en munir ses tourelles. Ce sont de remarquables gardiennes du château de Skye.

Je ferme les yeux et pense à ces pauvres écoliers que j'ai enlevés dans ma jeunesse. J'ai honte de ce que j'ai fait. J'espère que je serai en mesure de retrouver le fils du duc pour enfin me défaire de ce poids qui m'écrase depuis des siècles.

J'aperçois un homme qui marche en direction du château. Il est vêtu de guenilles et porte un baluchon. C'est sans doute un voyageur à la recherche d'un abri pour passer la nuit. Du haut d'une tour, une gargouille aux ailes déployées prend son envol, gracieuse comme un cygne malgré sa lourdeur de pierre. Tel un faucon, elle fonce sur le voyageur qu'elle déchire en lambeaux avant même qu'il n'ait le temps de hurler. Très bien. Personne ne doit savoir ce qui se passe en ces lieux. Le monde est cruel. Une fois la gargouille de retour à son poste de guet, je m'éloigne de la fenêtre. J'entends le bruit fait par les loups qui se disputent les restes de l'humain.

Le château de Skye est immense. Il compte au moins cent pièces ! Les quartiers du duc sont les plus austères. Ils sont sombres et pourvus de meubles écarlates à affamer un vampire. Debout près d'une fenêtre grillagée, le duc contemple le brouillard qui se glisse lentement entre les arbres, là-bas. Sans se retourner, l'homme me demande :

– Avez-vous trouvé mon Soren ?

– Non, mon ami, nous n'avons trouvé aucune trace de lui. Celui qui a enlevé votre fils est un maître.

– Mais qui donc aurait pu enlever un si gentil garçon ?

– Sûrement le même qui a tué votre si jolie femme, si j'ose dire, Monsieur.

L'homme éclate en sanglots. Il souffre, le pauvre. Je comprends son mal. Je voudrais le réconforter.

– Nous trouverons votre fils. Je vous en fais la promesse solennelle ! Mes équipes fouillent partout.

Le duc mêle un sourire à ses larmes :

– Ulkyr, tes efforts resteront vains ! Fais de moi un immortel, un vampire ! Je veux vivre éternellement pour retrouver Soren.

– Non, je ne te transformerai pas en vampire. Tu ne serais pas libéré si tu retrouves le cadavre de ton fils. Tu devras vivre dans le deuil pour l'éternité. Les vampires ne meurent JAMAIS !

Déçu, je quitte la pièce.

En descendant les escaliers de pierres noires, je rencontre le majordome du château, M. Winckle. Avec ses lentilles rondes et son crâne dégarni, cet homme incarne le sérieux et l'irréprochable. Si j'étais en train de mourir de faim, je ne lui prendrais pas une goutte de sang. Il est si sec ! Beurk ! Je dois maintenant trouver Nagel.

Nagel ne parle que pour dire l'essentiel. Il est juste et généreux. Par contre, il sait se montrer rapide et cruel lorsque vient le temps de chasser. Au siècle dernier, le comité lui a décerné le prestigieux prix du meilleur vampire. Je réussis enfin à le trouver.

– Nagel, cher ami, le duc de Skye est en piteux état. Nous devons trouver son fils sinon je crains qu'il ne se laisse mourir. Intensifiez la garde autour du château. Aucun intrus ne doit s'approcher, personne ne doit sortir du château. Les gargouilles font un excellent travail. Alertez les Elfes Noirs des Bois et regroupez tous les vampires. Dites-leur de se préparer, nous partirons au coucher du soleil.

– Très bien, votre Excellence.

❋

Je me rends dans les caves profondes du château, pour prier le dieu Luna avant de partir en mission. Je m'agenouille et lui dédie une prière emplie de regrets. Je lui demande, pour la millième fois, de me pardonner ce que j'ai jadis fait à mes collègues de classe. Je suis enfin libéré de ma douleur ! Je me sens prêt à entreprendre ma mission.

Dehors, le soleil est disparu, dévoré par Luna.

❋

Une ombre mystérieuse coule sur le mur rocailleux.

Là-bas, un adolescent est couché sur la terre battue. Il lève la tête et gémit. La douleur se lit dans ses yeux. Un homme chétif s'approche de lui et lui assène une gifle sur le visage. Il parle alors d'une voix nasillarde qui ne m'est pas inconnue.

– Alors, petit Soren chéri, de gentils vampires essaient de te trouver ? Ils ne réussiront jamais ! Tu mourras avant et ce sera bien fait pour ton père, dit-il d'un rire sinistre.

Cet homme est M. Winckle ! Il ne m'a pas aperçue, chauve-souris noire suspendue à l'entrée de la caverne. J'aurais dû le deviner plus tôt. Ses airs de majordome impeccable ont su me tromper, mais maintenant Winckle est découvert. En silence, je bats des ailes et pars à la recherche des loups. Eux sauront bien s'occuper de ce majordome.

❀

– Monsieur le duc, je sais où est votre fils. Il est tenu captif dans une caverne dissimulée par du feuillage. Avec votre accord, j'enverrai les loups détruire son bourreau et geôlier, M. Winckle.

– M. Winckle ? Ulkyr, êtes-vous bien sûr de ce que vous dites ? Mon majordome est…

– Celui qui détient votre fils et qui le bat, oui, monsieur.

Le duc écarquille les yeux de surprise. Il me fixe avec intensité.

– Ulkyr, avant d'envoyer les loups, conduisez-moi à ce salaud.

❋

Lorsque nous arrivons à la caverne, le duc tremble d'émotion. Il n'a pas vu son fils depuis plusieurs mois. Je lui offre de l'accompagner, sachant qu'à la moindre imprudence, Winckle le tuerait.

À la vue de l'adolescent blessé, le père fond en sanglots et tombe à ses côtés. Puis, il lève la tête et s'écrie :

– Winckle, sale chien, pourquoi ?

Il se lève et secoue violemment le petit homme sec qui, sous le choc, se brise en deux. Avant de mourir, Winckle balbutie :

– Parce que tu n'as jamais su me remercier pour tous les services que je t'ai rendus.

Le duc, abasourdi, s'avance vers l'homme agonisant et murmure :

– Merci, Winckle.

M. Winckle sourit puis s'éteint. Le duc se tourne vers Soren, son fils.

Les loups seront inutiles ici, me dis-je en quittant silencieusement la caverne.

Je me rends aux ruines du château de Wasseau. Soren se porte maintenant très bien.

Je ne peux m'empêcher de penser aux élèves de l'autobus. Je les ai enlevés afin d'apaiser ma colère. Ils ne m'avaient jamais aimé. J'ai voulu les faire souffrir en leur faisant découvrir mon monde. Je les y avais abandonnés. Ont-ils survécu à leur enlèvement ? J'ai honte.

J'ai agi comme M. Winckle. Je dois les retrouver. Nagel m'aidera.

J'entre dans Caern, la ville-forteresse. On m'acclame. Je suis le héros du jour, le vampire d'une nouvelle race qui veut aider l'homme. Dans la foule, je reconnais mon cher ami Nagel qui m'indique, en langage de signes, de me rendre au pied de la statue de Vyddrah. Mon coeur s'arrête lorsque je crois lire : *école, autobus, survivants.*

Je réussis à me dégager de tous mes admirateurs puis je me dirige vers la sculpture immense où se trouve Nagel. Son visage blanc est toujours aussi sérieux. On pourrait jurer que jamais un sourire ne l'a étiré, tant il est lisse. Il passe une main aux longs ongles dans ses cheveux et plonge son regard dans le mien.

— Ulkyr, pourquoi t'acharnes-tu à retrouver ces enfants ? me demande-t-il.

— Je dois savoir s'ils sont vivants.

— Tu es un noble vampire, Ulkyr. Nous t'aiderons tous. Nous les retrouverons.

Plus tard, Nagel revient, le visage solennel.

– Nous avons contacté tout le royaume ainsi que Dieu. Ils sont présentement au Paradis et ils y sont depuis plusieurs millénaires.

– Et alors, suis-je la cause de leur mort ?

– Non, me répond-il après un long silence.

Je suis soulagé. Bien, ma vie doit maintenant continuer. Ne suis-je pas éternel ?

J'ai faim. Je redeviens chauve-souris et m'envole vers la lune, droit sur le monde des humains.

✻

Nagel esquisse un sourire. Il pense aux ossements qu'il a dissimulés dans sa cache, derrière la statue de Vyddrah.

Jamais n'a-t-il eu plus délicieux repas que ces jeunes étudiants…

3

L'été des Indiens

– Nanook, viens à la rivière avec nous.

Je voudrais bien y aller, mais ma mère me répète souvent : « Mon fils, ne sors jamais à l'extérieur du tipi avant mon réveil. »

J'ai toujours respecté ma mère. Mon père est mort lorsque j'étais enfant. Je suis donc sa seule famille.

Il est maintenant deux heures d'un après-midi d'été et ma mère n'est pas encore réveillée. Mes amis m'attendent à la rivière. Nous avons construit un canot qui nous permet d'explorer la terrible Rivière sauvage. Tous les adolescents rêvent de vivre pareille aventure, mais ma mère gâche toujours mes sorties. On dirait qu'elle fait exprès de dormir si tard.

– Nanook !

Ma mère est réveillée. Enfin, je pourrai rejoindre mes amis même s'il est déjà quatre heures. Ils sont sûrement déjà partis.

– Maman ! je vais à la rivière avec Wakini et Koulak !

– Nanook, viens ici, me dit-elle d'une voix tremblante.

– Oui, maman ?

– Va chercher le sorcier, mon fils. Je ne me sens pas bien.

Dans mon village, le sorcier est un guérisseur. Cet homme possède une grande connaissance de la médecine des herbes. Il est respecté de tous. Ainsi, lorsque je lui annonce que maman est malade, il accourt à mes côtés.

Sur le chemin du retour, je prends la peine de vérifier si Wakini et Koulak sont près de la Rivière sauvage. Ils m'y attendent. Je leur crie :

– Désolé, les amis, je ne peux pas y aller !

– Nanook, tu nous as promis de venir ! se plaint Koulak.

– Pourquoi nous laisses-tu tomber ? s'enquiert Wakini.

– Je ne vous laisse pas tomber, les amis. Ma mère est malade et je dois rester à ses côtés. On remet ça à demain ?

Wakini et Koulak acceptent mon offre. Ils nous suivent. Ils m'attendent à l'extérieur du tipi.

Après avoir examiné ma mère, le sorcier me regarde avec inquiétude. Il soupire et m'entraîne à l'extérieur de la tente. Il m'annonce :

— Nanook, ta mère est très malade. Elle pourrait en mourir.

— Maman va mourir ! Mais elle est si jeune ! Le grand ventre de la terre ne peut pas la reprendre si vite ! Je l'aime, moi, ma mère ! Non, sorcier ! Si ma mère meurt, je serai seul au monde. Tu dois la sauver !

Le guérisseur me regarde droit dans les yeux. Je sais ce que signifie ce regard : demain, dès le lever du soleil, il m'enverra à la clairière pour chercher des plantes médicinales. Je devrai remettre l'exploration de la Rivière sauvage à plus tard. Qu'en diront Koulak et Wakini ?

— Écoute, petit. Une seule herbe peut sauver ta mère et elle se trouve là où bien peu de gens ont réussi à se rendre.

Quel défi ! Sauver ma mère et vivre une aventure extraordinaire ! Mes amis vont sauter de joie.

Le sorcier poursuit ses explications.

— Cette plante pousse là où une île coupe la Rivière sauvage en deux. L'expédition a

41

rarement été réussie, mais grand est ton courage. La vie de ta mère en dépend. Sauras-tu réussir?

La Rivière sauvage? Quelle magnifique aventure!

Je me sens vivifié. Je réponds comme un brave que le danger excite.

– Oui! je saurai réussir!

Le sorcier sourit et nous entrons dans le tipi. Il se penche sur ma mère, qui blêmit de plus en plus, et semble lui raconter notre conversation. Elle murmure de sa voix affaiblie:

– Je préfère mourir plutôt que d'envoyer mon fils unique à la recherche de cette plante.

– Maman! Je ne suis plus un bébé et je saurai me débrouiller!

Le sorcier explique à ma mère le danger auquel je m'expose. Elle est tellement faible qu'elle sombre aussitôt dans un profond sommeil. Je décide de partir sans sa permission afin de la sauver de cette affreuse maladie.

Avant de me laisser aller dormir, le chaman me remet une amulette ornée d'une pierre de lune.

– Elle devra t'aider, me dit-il.

Je ferme les yeux et sens une grande force couler dans mes veines. À mon réveil, je constate que la pierre de lune brille. Je regarde le sorcier d'un air interrogatif.

– Tu as le pouvoir, mon enfant. Cette amulette chassera les mauvais esprits que tu rencontreras au cours de ton périple. Sois prudent et bonne nuit.

Je m'endors en rêvant de combats sanglants contre des monstres. C'est merveilleux ! J'ai hâte de voir Wak et Koul.

Dès l'aube, je me rends sur les berges de la Rivière sauvage, où est accosté notre petit canot d'écorce. Wakini et Koulak y sont déjà. Je m'empresse de raconter à mes amis ce que le sorcier m'a dit. Leurs yeux sont tout ronds. Lorsque je leur parle du pendentif à la pierre de lune, Wakini s'exclame :

– Nook, t'es un sale menteur ! Ton collier est sûrement aussi magique que le chien qui court dans la prairie !

Je dois me retenir pour ne pas lui sauter dessus.

– Wak, je ne rigole pas, je te jure que l'amulette a des pouvoirs. Tiens, prends-la !

Wakini tente de retirer le pendentif de mon cou. Il se colle à ma peau et refuse de bouger. On dirait qu'il a une vie propre et que je suis sa maison, sa protection. Il diffuse une énergie puissante dans mon corps et je sais qu'il est à moi.

Terrorisés, Wakini et Koulak reculent. Je souris et leur dis :

– Eh ! petites poulettes ! Il ne vous tuera pas, ce collier ! Êtes-vous trop peureux pour m'accompagner à la Rivière sauvage ?

Mes deux amis se consultent du regard. Étrange. Habituellement, ils n'ont peur de rien.

Wakini s'avance vers moi.

– Ben… Euh… Et les esprits ? C'est le sorcier qui nous a parlé de l'expédition que tu veux entreprendre. Il prétend que nous risquerions nos vies en t'accompagnant.

– Quoi ! Le sorcier a dit cela ? Il a tort. Nous sommes les plus forts et les plus courageux. Un jour, nous serons les guerriers les plus féroces du clan. Allez ! tout ira bien !

Koulak saute dans le canot et, d'un geste vif, nous signifie à Wakini et à moi de le suivre.

La rivière nous porte sur son dos et mes amis ont tôt fait de s'endormir. Je suis assailli par d'étranges pensées. Que m'arrive-t-il ? Suis-je endormi ? Suis-je mort ? Regardant les arbres sur le bord de la rive, j'aperçois une femme qui marche, la tête dans les nuages.

– Maman !

Elle n'est plus malade ? Elle longe la rivière. Me voit-elle ? Elle ne me regarde pas. Elle s'enfonce dans la forêt. Wakini et Koulak dorment encore, je ne veux pas les réveiller pour leur raconter ce que j'ai vu. Ils me croiraient fou.

Mes yeux se ferment de fatigue. Lorsque je les ouvre de nouveau, j'aperçois le sorcier qui traverse la rivière. Le courant pourrait l'emporter. Il est si près que je tends la main pour l'aider et il me fait non de la tête. Aussitôt, il est englouti par les flots et j'entends son rire s'élever au ciel. Quel enfer ! Que m'arrive-t-il ? Je dois être fou ! J'aimerais retourner chez moi.

Plus loin, une épaisse fumée cache le soleil. Il fait noir.

— Wakini ! Koulak !

Mes amis dorment encore. J'ai peur. Tout à coup, une fumée m'enveloppe. Je sens la mort rôder autour de moi. Les paroles du sorcier remontent alors à ma mémoire : ce sont les mauvais esprits, ceux qui veulent m'empêcher de toucher au but. Je bombe le torse et m'écrie :

— Qu'est-ce que vous voulez ?

— Ne va pas chercher cette herbe, l'enfant ! me répond une voix aiguë.

— Et pourquoi donc ?

— Parce que cette herbe nous fournit l'air que nous respirons. Elle est notre seul moyen de survie. Tu nous tueras tous si tu la cueilles.

— Qu'allez-vous faire si je n'obéis pas ?

— Te tuer ! hurle la voix.

— Tu ne me fais pas peur !

La voix éclate d'un rire fou et la fumée disparaît.

Ma tête ! Quelle douleur ! Je hurle jusqu'à ce que je m'endorme.

Une lumière blanche me tire de mon sommeil. Elle m'attire tellement que je me transforme en papillon et je vole vers son centre.

Comment ai-je fait pour me transformer ainsi ? Je ne peux plus penser. La seule chose qui me préoccupe est la chaleur que crée cette lumière.

Je m'aperçois que mes amis dorment dans le canot. La lumière vient vers moi puis une ombre se glisse devant elle. C'est une grenouille. Les grenouilles mangent les papillons ! Où est la lumière ?

– Ha ! Ha ! Petit papillon, tu me sembles bien appétissant ! s'exclame la grenouille. Mon déjeuner est servi !

– Déjeuner ? Moi ? Laisse-moi passer, grenouille, je veux aller voir la lumière. Où est ma mère ?

– Ta mère ? Elle est morte ! Je crois que je l'ai mangée hier. Hé ! hé !

C'en est trop pour moi. Je me convaincs d'oublier la lumière et de reprendre ma forme originale. La grenouille maléfique n'ayant pas eu le temps de s'éloigner, je l'écrase de mon pied. Le mauvais esprit des grenouilles est anéanti et j'entends leur chant de remerciement.

Lorsque je reviens au canot, il est vide. Wakini et Koulak sont disparus. Ma mère estelle bien morte ? Désespéré, je m'effondre au fond du canot.

– Nanook ! Nanook !

C'est Wakini qui m'appelle. Je me lève et saute hors du canot.

– Où est Koul ? Où étiez-vous passés ?

– Nanook, nous sommes en danger ! Je cherche Koulak depuis des siècles. Je t'ai cherché partout aussi. C'est affreux !

Je ne comprends pas. Il n'y a que quelques minutes que j'ai été attiré par la lumière et il me parle de siècles. Que se passe-t-il donc ?

– Nook, ne vois-tu pas qu'ici le temps file à la vitesse du courant de la rivière ? me dit Wakini. Allez ! le temps presse et nous devons trouver Koul avant qu'il ne lui arrive un malheur.

Nous partons sur-le-champ. D'instinct, je porte la main à mon cou et je m'aperçois que mon amulette n'y est plus ! J'ai dû la perdre lorsque je me suis changé en papillon. Je ne peux pas continuer sans elle. Malgré tout, le sage Wakini me conseille de le suivre. La vie de Koulak en dépend et nous trouverons sûrement l'amulette en chemin.

Nous nous enfonçons dans l'épaisse forêt de conifères qui borde la rivière. « Nous sommes les plus forts, les plus courageux », chantons-nous bien fort.

Cette forêt me semble enchantée. Elle scintille. Je ne peux pas croire que Koulak soit prisonnier ici. Comment les mauvais esprits peuvent-ils tenir captifs des innocents dans une si belle forêt? C'est impensable.

– Wakini?

– Oui, Nanook?

– Où sommes-nous?

– Je ne le sais pas plus que toi. C'est la première fois que je viens ici.

– Oui, je sais, pardonne-moi, Wakini.

Notre instinct nous dit que Koulak est captif ici. Dans mon clan, nous suivons toujours notre instinct parce que les chefs et les sorciers disent qu'il est la voix des dieux.

Le temps s'écoule rapidement et je constate que Wakini, lorsqu'il me parle, ne se retourne plus. Il y a des années que je n'ai pas vu son visage d'aigle. C'est étrange puisque Wakini n'aime pas tourner le dos aux gens à qui il parle. Je m'approche discrètement et l'interroge.

– Que se passe-t-il, Wakini? Pourquoi ne me regardes-tu pas?

– Oh! Nanook! Je ne peux plus te voir de face parce que les mauvais esprits des roches m'ont ensorcelé et, si cela se produit, tu te changeras en statue de marbre, me répond-il tristement.

Je regrette maintenant d'avoir entraîné mes amis dans une aventure si périlleuse. Comme s'il lisait dans mon esprit, Wakini répond :

— Ne le regrette pas, mon cher ami. Nous reviendrons au village plus forts et ta mère sera sauvée.

— Non ! Wakini ! Ma mère est déjà morte, le sorcier aussi.

Le jeune homme s'immobilise mais ne se retourne pas. Il s'écrie alors.

— Ne te rends-tu pas compte que ce monde n'est qu'illusion et que ce sont les mauvais esprits qui le gouvernent ? Ouvre les yeux, Nanook ! Ils veulent t'effrayer et te faire fuir ! Nous allons cueillir cette herbe et en finir avec eux ! Ta mère et le chaman sont en vie, je te le jure.

Wakini est mon meilleur ami et il me le prouve encore une fois. Les yeux brillants, je le remercie et lui promets que je le libérerai de son ensorcellement. En silence, nous reprenons notre chemin.

Soudain, un éclair d'un bleu intense m'aveugle. La forêt m'apparaît terrifiante. On dirait que les arbres ont été brûlés et des épines noires jonchent le sol couleur de sang. Les oiseaux ne chantent plus. La forêt est morte. Je regarde tout autour de moi. Je suis seul.

– Wakini ! Où es-tu ?

Mon appel résonne dans le vide.

J'avance dans ce paysage mort et j'entends bientôt la voix de Koulak. Elle semble provenir de loin tant elle est sourde.

– Koulak, je ne te vois pas ! Où es-tu ? Montre-toi !

Je suis si heureux d'avoir enfin retrouvé mon ami ! Si seulement Wakini n'était pas à son tour disparu. Je regarde tout autour de moi et je ne réussis pas à trouver Koulak.

– Je suis coincé à l'intérieur d'un arbre, Nanook ! Regarde, il est le seul qui a conservé ses feuilles. Elles sont argentées !

L'arbre est immense. Il témoigne de la beauté de la forêt avant l'incendie. J'apprends par Koulak que ce sont les mauvais esprits des arbres qui l'ont capturé. J'apprends aussi que cet arbre est la résidence de ces fauteurs de trouble. Nous devrons le couper.

– Nanook, si tu veux couper cet arbre, fais-moi sortir avant.

Toujours aussi drôle ce Koulak !

– Pour me délivrer, tu dois aller chercher ton amulette qui est accrochée à la plus haute branche de cet arbre. Lorsque tu l'auras trouvée, colle la pierre de lune sur son écorce et la réaction sera telle que l'arbre se déchirera en deux et je pourrai sortir. Les mauvais esprits perdront leur abri sans même que tu aies eu à le couper.

L'opération réussie, la forêt reprend son air majestueux. Koulak et moi sommes heureux de nous revoir mais nous ne nous attardons pas. Il faut trouver Wakini. Nous partons donc vers l'extrémité de la forêt.

Le son d'une cascade se fait entendre. Assoiffés, nous décidons de nous y arrêter. Puis, rassasiés, nous entendons un magnifique poisson d'or nous dire :

— Les garçons, votre ami est derrière le rideau d'eau. Dépêchez-vous, les esprits du mal le tueront !

Nous traversons la cascade et y trouvons Wakini, assis en lotus, emprisonné dans une boule de lumière qui propulse des éclairs. Pauvre Wakini ! Comment le sauver ?

— De l'eau !

— Quoi ? me demande Koulak.

— Si on lance de l'eau sur cette boule de feu, elle s'éteindra peut-être. L'eau de la cascade est pure. Dépêchons-nous, Koulak !

Dès que l'eau froide de la cascade touche la prison lumineuse de Wakini, celle-ci s'évapore. Wakini est sauf et, pour la première fois depuis ce qui semble être des millénaires, nous sommes ensemble tous les trois. Toutefois, Wakini ne peut pas encore nous regarder. Koulak a une idée de génie.

– Si nous soufflons sur les yeux de Wakini, le sort sera levé ! s'écrie-t-il.

– Et pourquoi donc ?

– Parce que le sorcier me l'a expliqué, le pouvoir de la pierre et celui de l'air s'annulent lorsqu'ils sont confrontés !

Koulak a raison. En soufflant de toutes nos forces sur les yeux de Wakini, nous faisons sortir les mauvais esprits des pierres qui sont aussitôt exterminés par un coup de vent furieux. Et maintenant, en route pour le canot ! Ma mère m'attend. Nous chantons à pleins poumons : « Nous sommes les plus forts et les plus courageux ! Un jour, nous serons les guerriers les plus féroces du clan ! »

De retour au canot, une lettre nous est destinée. Koulak s'en empare. Je lis par-dessus son épaule : « Les petits amis, l'aventure n'est pas terminée ! Vous avez libéré Ayla, le Démoniaque. Bienvenue dans mon royaume. »

Wakini avale sa salive. Il est nerveux, nous le sommes tous. Qui est cet Ayla ? Et si, malgré tout ce qui nous est arrivé, le pire restait encore à venir ? Nous avons vécu un cauchemar depuis notre arrivée sur la Rivière sauvage. Malgré tout, nous devons continuer. Nous sommes trop près du but pour rebrousser chemin.

Tout se déroule calmement, sans embûches. Mais, bientôt, d'étranges sons se font entendre : « Hik-hik-woo ! Hik-hik-woo ! »

– D'où provient ce bruit ? demande Koulak.

Je n'en sais rien. Wakini demeure silencieux.

L'atmosphère est lugubre. On n'entend que le « Hik-hik-woo ! », de plus en plus insistant et fort. Mais qu'est-ce que c'est ?

Le son devient insoutenable et une petite lumière verte apparaît soudainement devant nos yeux. On dirait une luciole. Wakini sourit. Il prétend que c'est une très jolie apparition. Le point de lumière verte se met à grossir pour prendre une forme humaine. Le « Hik-hik-woo » s'éteint. L'être de lumière verte dit alors :

– Bonjour.

– Qui es-tu ? demande Wakini.

– Vous ne me reconnaissez pas ?

– Non, qui es-tu ? insiste Wakini

– Je suis celle par qui s'opèrent la laideur et le mal. Je suis Ayla, le Démoniaque et je vous ai bien eus !

Nous sommes tous frappés par la fatigue et nous sombrons dans un profond sommeil, à la merci d'Ayla.

Ayla nous a ligotés et le canot est suspendu dans les airs, attaché par de solides chaînes d'argent. Il prépare un énorme feu et chantonne. Constatant que Wak et Koul sont éveillés, je chuchote :

– Je ne sais pas pour vous, mais moi, je ne veux pas devenir le petit déjeuner de ce monstre ! Cette fois-ci, mon amulette nous sauvera, elle me l'a dit.

Quelques secondes plus tard, l'amulette se détache de mon cou, fonce à toute vitesse sur le front d'Ayla et s'enfonce dans son crâne. Le monstre n'est plus la plus belle femme de lumière verte. Elle hurle de douleur avant de mourir. Aussitôt, les chaînes se brisent et le canot retombe sur la rivière avec un grand « Plouf ! »

Devant nous se dresse l'île.

Lorsque nous accostons, un tam-tam apparaît sur le sable. Une voix s'élève.

– Bienvenue dans le Champ des Percussions. Seul celui qui saura jouer sur le tam-tam magique pourra en repartir sain et sauf. Bonne chance !

Je prends le tam-tam, mais j'hésite. J'ai une grosse boule dans la gorge.

À l'entrée du champ, je m'agenouille devant le tam-tam et je tape dessus. Soudain, toutes les émotions de l'expédition me reviennent à l'esprit et je tape avec emportement. Je raconte au champ toutes les difficultés que mes amis et moi avons affrontées. Quand je m'arrête, il fait déjà nuit. Je me lève et avance vers l'herbe qui se trouve à quelques mètres devant moi.

Un corbeau passe au-dessus de ma tête et libère de ses serres une machette grâce à laquelle je pourrai couper la plante. Dès que je l'extirpe de la terre, un hurlement se fait entendre et le ciel devient rouge. Les mauvais esprits étouffent. Le hurlement est si intense que je suis transformé en statue. Très rapidement, mes amis viennent me chercher et nous repartons vers le village.

Au cours du voyage de retour, je reprends ma forme habituelle et mon amulette revient se loger dans mon cou. Mes amis et moi sommes heureux et nous pagayons vite vers la maison, si bien que nous arrivons à l'aube.

En nous voyant arriver si tôt, le sorcier s'exclame :

– Vous n'êtes partis qu'hier matin !

Nous nous regardons, étonnés. Quelle étrange aventure ! Je donne l'herbe au sorcier qui se précipite vers notre tipi. Je prends la main froide de ma mère et lui promets que tout ira bien. Deux jours plus tard, elle se réveille, éclatante de santé.

Depuis cette aventure incroyable, Wakini, Koulak et moi sommes encore plus liés. Nous sommes aussi les plus courageux et les plus forts du clan. Ce soir, au banquet annuel, nous recevrons nos récompenses et, demain, nous partirons explorer la forêt merveilleuse.

– Nanook, tu viens ? Koulak est déjà au banquet ! Dépêche-toi ou la fête commencera sans nous !

Au banquet, plusieurs personnes s'approchent de nous pour nous questionner sur notre aventure. À l'instant même, une jolie inconnue arrive au village. Toute la population est stupéfaite. On peut entendre une mouche voler.

Au moment où nous dégustons notre repas, la jolie déesse s'approche de mes camarades et moi et elle nous fait signe de la suivre. Nous l'accompagnons jusqu'à la rivière.

Tout à coup, elle disparaît. Je me retourne vers l'endroit où se déroule le banquet. Il n'y a plus personne. Il ne reste que quelques plumes et ustensiles qui jonchent le sol. Alors, une voix de femme résonne :

– Les garçons, si vous voulez revoir votre peuple, venez le chercher dans la forêt merveilleuse. Sinon, il sera maudit à jamais…

Nous nous regardons, stupéfaits. Puis nous nous esclaffons.

Que la vie est belle !

4

Au fil du temps

DEHORS, le vent souffle dans le feuil-lage des arbres. Je me dis que si j'étais le vent, j'aurais la chance de faire le tour du monde et de visiter les terres qui flottent sur les mers.

Je soupire. Dès mon enfance, j'ai su que je deviendrais explorateur.

Le soleil perce les nuages, brille de mille feux. Les gens quittent leur chaumière. Aujourd'hui, c'est la foire au village. Jacques et Jérôme sont déjà sur place. Je vais donc les rejoindre. On s'amuse bien, tous les trois. Jacques est un ami de longue date. Je le fré-quente depuis que j'ai commencé l'école. Il m'a souvent répété qu'il voulait être explora-teur, comme moi. Je connais Jérôme depuis moins longtemps. Il veut être explorateur, lui aussi. J'ai un autre ami également : Adrien, qui désire suivre les traces de son père et devenir inventeur. Son plus grand rêve est de construire une machine volante. Une machine volante ! Allez savoir, Adrien deviendra peut-être un jour le plus grand inventeur de machines volantes au monde !

Il paraît que son père, un de mes amis, a inventé une machine extraordinaire. J'ai hâte de voir à quoi ça ressemble. C'est une machine qui permet de voyager dans le temps. Cette invention me fascine énormément car, grâce à elle, il sera enfin possible de revoir le passé et de prévoir le futur. Je ne sais pas vraiment si, dans le futur, nous saurons tout sur ce fichu monde. Les guerres entre les pays me préoccupent beaucoup. Mon pays est en guerre aujourd'hui. Pour un garçon de quinze ans comme moi, la guerre, c'est fascinant.

Adrien m'a dit qu'il a déjà essayé la machine de son père et il a ajouté que le futur est un monde de guerre et de « technologie ».

Qu'est-ce que la technologie ? Le futur, si j'ose m'y aventurer, me l'apprendra sûrement.

À la foire, la foule s'agite. Des centaines de curieux sont venus pour voir la machine qui permet de voyager dans le temps. Les gens ne sont-ils pas toujours attirés par l'insolite ?

Avant de me rendre à cette mystérieuse machine, je visite l'endroit. J'en profite pour me renseigner au sujet de l'invention du père d'Adrien.

Un vieux monsieur m'avertit :

– Tous ont peur de s'en approcher !

Et une vieille s'interroge à voix haute.

– C'est une machine fantastique, mais qu'adviendra-t-il de nous si nous nous rendons au bout du tunnel dont on parle tant ?

Ces commentaires m'inquiètent. J'aimerais bien essayer la machine mais j'ai peur. Chemin faisant, je participe à plusieurs jeux auxquels je gagne la plupart du temps. Mes récompenses sont des rubis, vingt à chaque coup. Je veux en accumuler au moins quatre cents afin de pouvoir m'acheter une nouvelle épée et un nouveau bouclier. J'en ai accumulé trois cent cinquante jusqu'à maintenant. Je vais sûrement réussir.

Le temps est venu. Je me dirige vers la machine du temps. Adrien et son père m'attendent impatiemment. Ils savent que je suis un garçon courageux.

– Bienvenue au kiosque le plus spectaculaire de la foire ! La machine du temps t'attend ! me lance Adrien, avec de la fierté dans le regard.

Son père me sourit.

Ces deux êtres intelligents (car ils le sont vraiment) croient sérieusement que je vais me prêter à l'essai de cette machine. Je dois y réfléchir encore car l'expérience comporte sûrement plusieurs dangers, comme celui de se perdre dans le temps et de ne plus jamais pouvoir revenir. C'est ma plus grande crainte.

– Écoute, Adrien, je reviendrai plus tard.

– Mais ! proteste Adrien, navré.

– Je ne suis pas encore prêt.

– Voyons Christophe ! il n'y a aucun danger !

Ma décision est prise. En quittant la foire, je jette un regard derrière moi pour contempler cette énorme boule argentée munie de boutons rouges et verts. Cette machine m'impressionne. C'est la première fois que je vois un tel appareil. Se pourrait-il que ce ne soit qu'un simple tas de ferraille, un attrape-nigaud ?

Je préfère m'en retourner à la maison. Jacques et Jérôme décident de rester à la foire. Je crois que c'est mieux ainsi puisqu'ils ne pourront pas se jeter à genoux et me supplier d'essayer cette machine infernale.

Juste comme je sors du site, je remarque une jeune fille de mon âge. C'est la plus jolie fille du village. Elle détourne les yeux, comme si je n'étais pas assez bien pour elle. Elle marche dans ma direction. Si elle ne s'arrête pas dans quelques secondes…

PAF ! Trop tard ! C'est la collision. La plus belle fille du monde m'est tombée des-

sus ! Quelle chance ! Elle se relève aussitôt et
balbutie :

– Excuse-moi, je suis très maladroite.

– Ce n'est pas grave. Je… euh… je t'ai re-
marquée auparavant, mais c'est bien la première fois que j'ai le plaisir de te voir de si
près !

– Merci, moi aussi, je t'avais remarqué…
Christophe.

Elle sait mon nom ! Ses longs cheveux
blonds flottent dans le vent et ses yeux sont
bleus comme le ciel. Mon cœur bat la chamade.

– Veux-tu venir à la foire avec moi ?

– Bien sûr, me répond-elle. As-tu déjà entendu parler de la « machine » ?

– Oui, c'est le père de mon meilleur ami
qui l'a construite.

– Je voudrais bien l'essayer. Et toi ?

– Tu n'as pas peur ?

– Non, viens, on va l'essayer !

Elle veut vraiment essayer ce machin. Pour
l'impressionner, j'accepte.

À ma vue, Adrien sursaute.

– Christophe, t'es de retour !

– Adrien, je te présente… mais quel est
ton nom ?

– Chrysta.

– Quel joli nom ! D'où vient-il ?

– Ma mère l'a inventé, me dit-elle en
riant.

– Dis, Adrien, montre-nous comment fonctionne ta machine !

Adrien me décrit les possibilités de l'invention. Il m'assure que cette merveille n'est pas dangereuse. Jérôme et Jacques viennent nous rejoindre. Ils semblent surpris de me voir prêt à monter dans la machine.

– T'es bien décidé, Christophe ?

– Oui.

– Quel courage ! Au fait, tu ne nous présentes pas ?

Jérôme me fait un clin d'œil, avant de diriger un regard vers ma compagne. Bien sûr, j'aurais dû commencer par les présentations.

– Voici mon amie Chrysta. Je l'ai rencontrée alors que je rentrais à la maison. Elle va m'accompagner.

J'avise Adrien que nous sommes prêts à partir. Chrysta sautille de nervosité.

❋

Nous sommes bien installés dans la machine. Il y a plusieurs boutons devant nous. Lequel choisir ? Un indique « hier », le deuxième « aujourd'hui », le troisième « demain » et le dernier « fin du monde ». Au-dessus des commandes se trouve un petit écran qui sert à indiquer le temps et l'année où nous serons lancés.

Adrien donne un ordre.

– Attachez vos ceintures, mes amis !

Nous lui obéissons. Je vérifie dans mes poches si j'ai encore mes trois cent cinquante rubis. Peut-être que dans le futur, les épées et les boucliers seront moins dispendieux.

– Christophe, tourne la clé si tu veux partir.

Quelle expérience fascinante ! Je tourne la clé, la machine ronronne. Je ressens quelque chose de bizarre. L'écran change. Nous voilà partis vers le futur, en l'an 1940. Nous voyons s'allumer des lumières mauves, roses, vertes, rouges et dorées, puis nous nous évanouissons.

Au réveil, j'aperçois un grand trou noir. C'est par là que nous retournerons à la maison. J'ai hâte de connaître le futur. En ce moment, nous sommes au milieu d'une forêt. Nous marchons au hasard avec l'espoir que nos pas nous guideront jusqu'à un village. Au loin, des volutes de fumée confirment qu'il s'en trouve bien un.

Lorsque nous entrons dans le village, d'étranges véhicules munis de quatre roues nous dépassent à une vitesse vertigineuse. Ces machines fonctionnent sans être tirées. Est-ce la « technologie » ? J'interroge un homme qui passe tout près :

– Bonjour Monsieur, est-ce la « technologie » ? lui dis-je en pointant l'objet.

– Non, c'est une automobile.

– Qu'est-ce qu'une automobile ?

– Je n'ai pas le temps de répondre à de telles âneries ! Je dois aller travailler, je suis déjà en retard !

Aussitôt, je remarque une liasse de feuilles qui traîne sur une grosse boîte grise. En gros titre, il est écrit : *Les États-Unis d'Amérique l'emportent encore*. Je n'ai jamais entendu parler des États-Unis. C'est peut-être un nouveau monde découvert par un explorateur. Par Jérôme ou par Jacques ? Je lis le texte sous le titre. On parle de la Deuxième Guerre mondiale. Eh bien ! N'y en a-t-il pas une centaine qui font rage dans mon temps ? Un bruit dans le ciel attire mon attention. Je lève les yeux, et pousse un cri.

– Qu'est-ce qu'il y a ? me demande Chrysta.

– Regarde le ciel !

C'est incroyable ! Des machines volantes ! Adrien a réussi ! Comme si elle lisait dans mon esprit, ma copine me dit :

– N'oublie pas, Christophe, il y a d'autres inventeurs qu'Adrien et son père.

Dans la ville se trouve une place centrale occupée par un marché. J'y entraîne Chrysta. Elle hésite, paralysée par la peur. J'aborde un marchand.

– Bonjour, jeune homme, que puis-je faire pour toi ?

Chrysta insiste.

— Christophe ! ne fais pas ça !

Le marchand se tourne alors vers elle.

— Bonjour, Mademoiselle Chrysta, il y a longtemps que votre père vous cherche.

— Chrysta ! il te connaît ? Mais comment ?

— Oui, j'allais tout t'expliquer, mais tu semblais si excité de venir ici ! On me recherche depuis longtemps. Un jour, alors que je me promenais dans le village, j'ai rencontré ton ami, Adrien, venu du passé. Il voulait me montrer sa machine à voyager dans le temps. Je l'ai suivi. Lorsque j'ai aperçu sa machine, j'ai eu un choc car je l'avais déjà vue, cette machine. Elle se trouve au musée situé à l'autre bout du village.

— Adrien venu du passé ? Tu veux dire que…

— C'est bien ce que je veux dire.

— Pourquoi ne me l'as-tu pas dit avant ?

— Parce que je ne voulais pas te faire de la peine. Je t'aime bien. Je ne savais pas que les garçons du Moyen Âge étaient aussi jolis, je te le jure. Il y a déjà un an que je suis partie. Un an…

Le marchand la regarde affectueusement et lui conseille de rentrer chez elle. Elle ne semble pas si sûre d'elle-même. Elle me regarde, les yeux brillants, et je sais qu'elle désire être rassurée.

– Écoute, Chrysta. Il ne faut pas t'en faire. Tout ira bien. Tes parents seront si heureux de te revoir.

Elle s'avance vers moi et m'embrasse sur la joue. Je rougis. Je suis amoureux!

Chrysta décide enfin de retourner chez ses parents. En approchant de sa maison, elle semble de plus en plus nerveuse. De toute évidence, elle craint leur réaction.

– Tout va bien aller, lui dis-je d'un ton compatissant.

Elle prend une grande inspiration.

– Je ne suis pas aussi sûre que toi. Tu ne connais pas mon père.

– Avance, Chrysta, tu es capable, je te le jure.

Elle frappe à la porte de sa maison, mais personne ne vient répondre.

– Ils ne sont pas là. Fuyons dans ton monde. Il est bien meilleur que le mien.

Comme nous nous en retournons, la porte s'ouvre et Chrysta fait face à un petit garçon, probablement son petit frère. Puis apparaît sa mère, un nouveau-né dans les bras. Elle semble très fatiguée.

– Maman! ça fait si longtemps!

– Chrysta! mon bébé! Ma fille! Tu n'es pas morte! Est-ce bien toi, je rêve!

Sa mère dépose le bébé dans mes bras et enlace sa fille.

Quelles belles retrouvailles !

— Maman, le bébé, c'est...

— C'est ta petite sœur, elle a à peine un mois. Mais, où étais-tu pendant tout ce temps ?

— Il m'est arrivé beaucoup de choses.

— Qui est ce jeune homme ?

— C'est mon ami Christophe, répond-elle en me poussant vers sa mère. Où est papa ?

— Il est à la guerre. Elle a éclaté quelques mois après ton départ. Ne t'inquiète pas, il écrit souvent. Il sera si heureux de savoir que tu es vivante.

Chrysta raconte à sa mère ce qui lui est arrivé. La dame n'arrive pas à croire un seul mot de ce qu'elle dit. Ensuite, elle lui explique d'où je viens, mais sa mère demeure incrédule.

À mon avis, elle est trop émue par le retour de sa fille. Plus tard, elle comprendra.

Nous passons au salon où nous causons pendant des heures.

— Chrysta, pourquoi as-tu quitté ton monde pendant si longtemps ?

— Je faisais ce que tous les enfants de mon âge font lorsque leurs parents les énervent. Il y avait aussi la lettre.

— Quelle lettre ?

Chrysta me tend la lettre.

Ma chère Chrysta,
*   Si tu ne me rembourses pas, je te*
tuerai...

                                Je t'aime,
                                Ron.

— Drôle d'amour ! Que lui devais-tu à cet imbécile ?

— Je lui devais une petite somme d'argent, peut-être 1,50 $.

— Il veut te tuer pour ça ! Quel fou ! Mais, Chrysta, l'aimais-tu donc ?

— Oui, Christophe, je l'aimais profondément, me répond-elle dans un soupir. Je l'aimais et il s'est servi de moi. Il a détruit tout ce que j'avais. C'est lui qui m'a fait fuir pendant si longtemps. Il avait brisé ma vie !

— Oh ! ma pauvre Chrysta ! Que puis-je faire pour t'aider ?

Ses yeux couleur d'azur me fixent. Ils sont durs et emplis de haine. Je ne reconnais plus la belle et gentille Chrysta. Son visage d'ange est tordu par la douleur et je comprends aussitôt ce qu'elle veut de moi.

— Oui, Chrysta, pour toi je détruirai ce monstre qui t'a blessée. Je lui rendrai tout le mal qu'il t'a fait. Ton chevalier à l'armure étoilée je serai.

À cette annonce, elle saute dans mes bras et s'écrie :

– Tu devras être prudent ! Ron est un être à l'esprit tordu. Il est plus malin que le Diable lui-même ! Qui pourrait croire qu'il était si aimable autrefois ?

Je souris et plonge mes yeux dans les siens. La peur m'a abandonné. Je lui prends la main et, ainsi unis, nous dévalons les marches de l'escalier. Nous quittons le monde de Chrysta pour affronter Ron le Terrifiant.

Évidemment, l'idée ne sourit guère à la mère de Chrysta qui refuse de la perdre une seconde fois. Mais la force de persuasion de sa fille réussit à vaincre sa résistance. Elle accepte de la laisser aller (elle ne sait pas où nous allons, par chance), non sans lui donner un panier rempli de victuailles. Puis, après des adieux déchirants, Chrysta et moi partons à l'aventure.

J'insiste pour que Chrysta m'emmène au musée voir la machine du père d'Adrien. Elle se moque de ma curiosité et m'y entraîne d'un pas léger. Quiconque nous verrait ainsi ne pourrait deviner que d'ici quelques heures nous affronterons un être redoutable.

En arrivant au musée, mes souvenirs remontent à l'an 1465 d'où je viens. Je sais que dans ce lieu, je trouverai plusieurs objets qui datent de mon époque.

Le musée d'Histoire est superbe. Il contient tellement de belles choses ! Quel air auront les gars lorsque je leur raconterai tout ce que j'ai vu ici ? Dans une pièce isolée, je reconnais la machine à voyager dans le temps. Bien sûr, elle est quelque peu décrépite, mais tout de même identifiable. Un écriteau fait état de son origine et son utilité et, heureux d'avoir devant lui deux ignorants qui s'extasient devant une telle machine, le gardien s'exclame :

– Quel étrange machin ! n'est-ce pas les enfants ? La Machine à voyager dans le Temps, hé ! hé ! ricane-t-il, personne n'a jamais su comment elle fonctionnait !

Je regarde Chrysta et nous nous esclaffons. Convaincu que nous rions de sa remarque, le vieux gardien quitte la pièce, fier comme un paon.

En examinant la machine, je fais une intéressante découverte : dans une fissure se trouve coincée une enveloppe toute jaunie portant mon nom. Piqué par la curiosité, je l'ouvre et constate qu'elle vient d'Adrien. Son contenu est si mystérieux que j'en veux à Adrien de me l'avoir écrite.

Très cher Christophe,
Sois prudent, mon ami, car là où tu vas, le danger te guette de ses yeux vicieux. Cherche le vendeur et n'en veux pas à la brute. La tour perdue saura te

guider. Ne tarde pas à revenir vers nous,
les mystérieuses contrées t'attendent.

Adrien

Au moment où nous sortons du musée, une colombe se jette sur nous. Un morceau de papier est accroché à sa patte. Chrysta le dégage délicatement et l'oiseau blanc prend son envol. Sur le bout de papier, de petites lettres écarlates se déploient. Chrysta lit à haute voix : « Petite folle ! je te vois aux côtés de ce garçon étrange. Je tiendrai ma promesse. Rejoins-moi dans "la Fin du Monde". Je te réserve une magnifique surprise. Et c'est signé : Ron. »

Quel impertinent, ce Ron ! Je le déteste ! Nous devons aller en finir avec lui. Il pourrait devenir une sérieuse menace. Je saurai être digne de ma famille. Je me conduirai en héros. Je n'ai pas peur.

— Tu viens, Chrysta ? Allons régler le sort de cet abominable prétentieux !

Nous montons à bord de la machine. Le trou noir nous avale et nous voilà partis pour mon époque. Avant de livrer bataille contre Ron, il nous faut un équipement adéquat. Un équipement que nous connaissons bien. Les étranges machins cracheurs de feu du monde de Chrysta sont bien moins efficaces que les solides épées du maître forgeron de mon village.

De retour à l'an 1465, je pars à la recherche d'Adrien. On m'informe qu'il fait la tournée des foires avec son père. Dommage. Lui, au moins, aurait pu écouter tout ce qui m'est arrivé depuis qu'il m'a expédié en l'an 1940. Je le verrai plus tard, puisque Chrysta et moi devons manger et dormir. Nous nous rendons chez moi, où ma mère a tôt fait de préparer pour Chrysta un lit de fortune. Je sombre rapidement dans un sommeil peuplé de rêves où je découvre un nouveau monde et un peuple inconnu...

Lorsque le soleil se lève, mon amie et moi sommes prêts à partir. Une dure journée nous attend dont je sais par avance que les vingt-quatre heures qu'elle contient ne nous seront pas suffisantes. Ma mère est déjà éveillée. Elle m'offre cinquante rubis rutilants et me prévient de ne pas faire d'âneries à la ville. Chrysta me regarde d'un air étonné. D'un coup de coude bien senti, je l'engage à se taire.

– Oui, maman, nous serons bien gentils et agirons en êtres civilisés.

Convaincue, maman nous laisse enfin partir.

Grâce à mes quatre cents rubis, je peux me procurer une magnifique épée, un bouclier et une cotte de mailles. Ainsi équipé, je sens naître en moi un courage nouveau et une force intense. Le maître forgeron me fait un clin d'œil et je sais alors que mon équipement est adéquat. Ma belle amie me contemple avec admiration tandis qu'à mon esprit résonnent ces mots : « M'aimes-tu, Chrysta ? Je te sauverai et tu pourras m'aimer. »

Arrivés au tunnel noir, nous constatons qu'il pâlit étrangement. Que se passe-t-il ? Chrysta grogne et pointe du doigt le tunnel devenu presque gris :

– Tout ça, c'est l'œuvre de Ron. Hâtons-nous de nous rendre à la Fin du Monde avant que notre chance ne disparaisse.

Il commence à m'énerver sérieusement, ce Ron !

– Oui, Chrysta, plus tôt nous partirons, plus tôt nous délivrerons la terre de ce fou.

Je lui prends la main et nous avançons dans le tunnel gris, vers la Fin du Monde de Ron.

J'ouvre l'œil. Ce monde est affreux ! Tout n'est que ruines.

C'est épouvantable ! J'examine le ciel. Il est rouge, noir et gris. Mais que s'est-il passé pour que le monde devienne si horrible ? Est-ce Ron le responsable de ce désastre ? Je n'en sais rien et j'espère en apprendre davantage.

Chrysta me lance un regard inquiet.

– Que s'est-il passé ?

– Je n'en sais rien.

Plus nous avançons, plus le paysage se détériore. Des squelettes d'humains et d'animaux morts depuis de nombreuses années jonchent le sol, des arbres desséchés lèvent leurs bras au ciel. La destruction a fait son œuvre, l'atmosphère est sinistre. Une haute tour grise se dresse soudainement devant nos yeux et je me souviens alors de la lettre d'Adrien : « la tour perdue saura te guider. » Ses marches sauront me mener à Ron. En silence, je remercie mon fidèle ami.

Nous voilà donc devant la tour perdue qui, de près, semble plus haute que le ciel lui-même. En entrant, nous sommes éblouis par la magnificence de l'endroit. Des lumières multicolores éclaboussent les murs de marbre blanc. Quelle beauté ! Je n'aurais jamais cru qu'un monde d'une telle laideur puisse cacher un endroit aussi fantastique. Je regarde Chrysta. Ses yeux sont aussi ronds que les miens.

Des pas résonnent sur les dalles glacées et une voix froide s'élève.

– Qui êtes-vous, étrangers ?

La mine de Chrysta me dit que c'est la voix de Ron. Il a une si belle voix ! Je peux me l'imaginer chantant l'opéra. Chrysta ne m'a jamais dit qu'il avait une voix si pure. Comment le tuer ? Alors, les mots de Chrysta remontent à ma mémoire et je sais que je dois la venger. Avec calme, j'annonce :

– Nous sommes les Voyageurs du Temps. Nous devons en finir avec toi. Tu te souviens de ma compagne, Chrysta ?

Les pas résonnent de plus près.

– Chrysta, c'est bien vrai ?

– Oui, Ron. Je suis ici, répond-elle d'une voix posée.

– Alors, tu es venue, petite sotte !

C'en est trop pour moi, je dégaine mon épée et m'élance vers ce type présomptueux à la voix d'ange.

Pourtant, lorsque je vois Ron, je m'arrête soudainement. Il est si laid ! J'ai un haut-le-cœur. Je retiens difficilement une envie de vomir. Voyant que je baisse mon arme, le monstre s'élance sur moi et me désarme. J'ai honte de m'être laissé impressionner par la laideur de Ron. Ce n'était qu'une ruse déployée par le vilain pour m'empêcher de réagir. Malgré tout, il ne semble pas vouloir s'en prendre à moi. Au contraire, assis à même le sol, il contemple mon épée avec fascination. Finalement, il lève les yeux vers moi et me pose une question intrigante :

– M'aideras-tu, étranger ?

Pour la troisième fois en quelques minutes, ce Ron me surprend. Sans me laisser le temps de répondre, il enchaîne :

– Tu as l'épée qu'il me faut. Tu sais, me dit-il de sa voix céleste, je n'ai pas toujours eu ce visage horrible, j'étais beau avant. Un jour, un vieux vendeur s'est présenté chez moi. Et comme mon père avait besoin de lui parler mais qu'il était absent, je lui ai proposé d'entrer et de l'attendre. Il a commencé à prononcer des incantations de magie noire et m'a jeté un sort. Il était jaloux de ma beauté et de ma voix. Très rapidement, et malgré moi, je suis devenu laid et méchant. Je blessais tout le monde, même ma petite amie Chrysta, pour le simple plaisir de constater la douleur dans leurs yeux. Je dois absolument tuer cet homme et toi seul possèdes l'épée pure, l'épée d'argent qui pourra lever le sort. Je t'en prie, étranger, sois mon ami, viens à mon secours !

Touché par la douleur de Ron, j'accepte de l'aider. Il s'agit de monter au sommet de la tour, où vit le magicien. Là haut, Chrysta devra charmer le vieil homme tandis que Ron lui portera le coup fatal. Soudain, je suis saisi de la crainte d'être entraîné dans un guet-apens par Ron. N'a-t-il pas dit lui-même qu'il était méchant ? Le regard de Chrysta est confiant, elle ne semble pas s'inquiéter. Je chasse donc cette idée de mon esprit.

En montant les marches menant au magicien, Ron me convainc de son honnêteté. Il m'avoue que la tour est le seul endroit où il peut être lui-même. Tous les trois, nous sommes déterminés à en finir avec ce magicien de malheur. C'était donc lui le vendeur dont avait parlé Adrien.

Là-haut, tout se passe comme prévu et le magicien tombe enfin raide mort sur le plancher, le cœur transpercé par l'épée d'argent.

Ron est si heureux qu'il chante de joie. Quelle voix ! Mais voilà qu'il s'effondre sur le plancher et que, les yeux arrondis de terreur, il murmure :

– Il est mort et il a décidé de m'emmener aux enfers avec lui ! Il était celui qui me permettait de vivre…

Sa tête tombe sur le côté et ses yeux deviennent vitreux. À son tour, Ron est mort.

Chrysta hurle et je m'affaisse sur le corps du trépassé. Nous aurions fait tout ça pour rien ? Incroyable !

Lorsque Chrysta et moi sommes revenus en 1465, nous avons pris la décision de retourner dans le futur afin de sauver Ron de l'emprise du magicien. Le fait de revivre l'aventure une seconde fois m'énervait au plus haut point, mais je devais le faire pour lui, pour elle.

La machine a été programmée pour nous propulser jusqu'à l'an 1937, année durant laquelle Ron avait été visité par le vilain sorcier. Arrivés chez lui, nous avons réussi à le convaincre de capturer le magicien. Puisque

Ron me fixait étrangement, je lui en ai demandé la raison et il m'a répondu :

– Je te reconnais, toi ! Tu es l'Ange de mon rêve, tu es celui qui veut m'aider dans la tour ! Oui, tout est clair à présent. Tu es revenu pour me sauver. Si je vis, je te dirai quelque chose que tu ignores de toi-même.

J'étais fort intrigué par ce qu'il venait de me dire. Que pourrait-il donc me révéler que je ne savais pas ?

Lorsque le sorcier s'est présenté chez Ron, nous l'avons assailli comme des barbares et lui avons fait connaître le même sort funeste que dans le futur, dans la tour. Cette fois, le jeune homme a survécu et, de sa belle voix, il m'a annoncé :

– Christophe Colomb, ton nom restera à jamais gravé dans l'Histoire. Tous sauront qui tu es ! Je t'en fais la promesse solennelle.

Puis, il s'en est allé vers l'an 1940. Chrysta m'a regardé et, dans ses yeux, j'ai vu qu'elle m'aimait.

❋

An 1492.
Avec mes trois caravelles, je viens d'accoster sur de nouvelles terres. Mon rêve s'est réalisé. Je suis aujourd'hui explorateur et je découvre enfin un nouveau monde !

En ce moment, alors que je plante le pavillon de l'Espagne au nom d'Isabelle de Castille dans le sable de l'île que j'ai baptisée Hispaniola, je me demande encore ce que je pourrais bien faire dans le futur pour que mon nom reste *à jamais gravé dans l'Histoire*.

Table des matières

Collection « Ado »

Composition et mise en page :
Éditions Vents d'Ouest (1993) inc.
Hull

Négatifs de la page couverture :
Imprimerie Gauvin ltée
Hull

Impression et reliure :
AGMV inc.
Cap-Saint-Ignace

Achevé d'imprimer en septembre
mil neuf cent quatre-vingt-seize

Imprimé au Canada

96